AF509573

JUGEMENT

DERNIER

D'YOUNG,

MIS EN VERS FRANÇOIS,

Par M. ***.

NUIT XXIVe.

PRIX, QUINZE SOLS.

1772.

EPITRE

A M. ET Mme. DE DURCET,

BARONS DE PONCÉ.

Efte falutati tempus in omne. . . . . . Ovid. Trift.

VOus m'avez engagé à mettre Young en vers, j'ai travaillé fes nuits immortelles avec tout le defir de répondre à votre goût, à votre délicateffe. Je fuis prêt à donner ces deux volumes au Public ; & pour preffentir fes bontés fur mon Ouvrage, je lui en offre un échantillon dans le Jugement Dernier que j'ai l'honneur de vous dédier : s'il a quelques fuccès, je les devrai à vos lumieres & au feul defir de vous plaire, j'ai cru devoir dans cette piece refferrer mon Auteur, refondre & marier une infinité de répétitions que le François fouffriroit avec peine ; il a fallu

ÉPITRE.

ajouter des liaisons aux idées pindariques & isolées du célebre Curé, & faire un Poëme qui pût, en passant la Manche, se dépouiller de ce qu'il avoit d'étranger pour nous. J'ai cru que des vers de douze syllabes & formés sous la toise & le compas de Boileau, répondroient peu à la grandeur, à la sublimité du sujet; ils exprimeroient avec peu de chaleur l'embrasement subit du globe ou ce craquement épouvantable de l'Olympe qui nous couvre en tombant de débris enflammés. La machine entiere seroit écroulée, anéantie avant que le Poëte eût fini le vers Alexandrin qui peindroit sa ruine.

JUGEMENT.

JUGEMENT
DERNIER
D'YOUNG.

Let every mountain, every flood
Retire, and knou th'approaching god,
The king of Ifraël: fee him here ;
Tremble Thou Earth, adore and fear,
He Thunders, and all'nature mourns ;
The rock to ftanding pools he turns ;
Flints fpring with fountains athi word
And fires and feas confeff Their-Lord.

From fpectat.

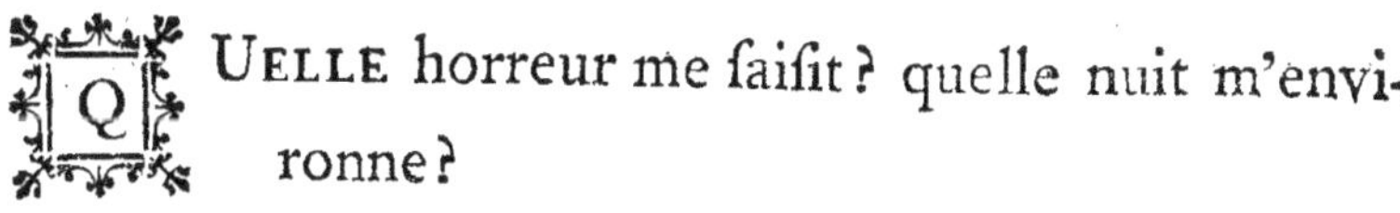

CHANT I.

QUELLE horreur me faifit ? quelle nuit m'environne ?

Sous mes pas chancelans tout tremble, tout friffonne !

Touchons-nous au grand jour où les Livres Divins

De l'Univers vieilli bornerent les deftins ?

A

Oui : j'apperçois déja fur la Nature entiere

Un voile effrayant , ténébreux :

L'Aftre du jour perd fa lumiere. . . .

J'entends frémir au loin les vents impétueux,

Et la mer en courroux dans fes gouffres affreux

S'apprête à franchir la barriere ,

Que baignoient tour-à-tour fes flots majeftueux.

Sous les monts écroulés mille abîmes s'entrouvrent,

De débris entaffés les Empires fe couvrent. . . .

Tout préfage la fin de ce vafte Univers !

Des Aftres éclipfés la ruine eft commune ,

Ils errent échappés de leurs cercles divers :

Le difque argenté de la lune

Pâlit & s'éteint dans les airs.

Tout s'unit à mes yeux pour défoler la terre ;

Et dans la profondeur d'un ciel épouvanté

Un long roulement de tonnerre ,

Du Dieu qui va livrer la guerre

Semble annoncer la majefté.

Qu'entends-je ? c'eft fa voix ! tout tremble à fa préfence,

A fes bontés, à fa clémence

Succede un déluge de maux ;

Et pour éviter fa vengeance ,

L'Univers effrayé rentre dans le cahos.

De la Nature agonifante
L'Eternel a juré le défaftre certain ;
Et l'Ange de la mort d'une voix éclatante
    Annonce à tout le genre humain
    Que ce jour d'horreur, d'épouvante
    N'aura jamais de lendemain. . . .
Du fein d'un tourbillon épaiffi par l'orage
Et que la main d'un Dieu balance dans les airs ,
    Ce même Ange s'ouvre un paffage ,
Et fa trompette aiguë appelle l'Univers !
Déja les fons perçans qu'elle a fu faire entendre
Ont effrayé la terre & pénétré les cieux. . . .
De leurs gouffres profonds les mers viennent de rendre
    Un peuple innombrable à mes yeux.
    De ta puiffance toute entiere ,
Tu nous montres, Seigneur, quelle eft l'activité ;
Ton fouffle créateur à la vile pouffiere
    Redonne la fécondité.
Oui : du globe à l'inftant la furface s'agite ,
    La race d'Adam reffufcite ,
L'homme fort du limon pour refter immortel ,
    Et la nature eft interdite
Du miracle fubit qu'enfante l'Eternel.

Des membres que fépare une vafte diftance

S'uniffent à leur tronc avec rapidité :

Le plus fimple vouloir de la Divinité

Leur fuffit pour franchir un intervalle immenfe.

Ah ! l'inépuifable fubftance,

Qui du fein du néant les avoit fait fortir,

Par un moindre effort de puiffance

Peut à fon gré les réunir.

Ils le font, Dieu ! quel peuple a couvert la furface

De ces lieux, où chacun court & refte au hazard !

L'orgueil du conquérant n'y trouve plus de place ;

Le peuple le plus vil n'eft plus mis à l'écart :

L'égalité devient complette ;

Le fceptre touche la houlette,

Et *Therfite* eft près de *Céfar*.

Etres infenfés que nous fommes,

Aux pieds de nos égaux nous ployons les genoux !

Les Dieux d'ici bas font des hommes,

Et fouvent moins dignes que nous. . . .

Dans la troupe pâle & tremblante

Les grands juftement confondus

Du Dieu qui juge les tribus

Attendent l'heure foudroyante.

Et les Rois frémiffans dans la foule éperdus,

Appellent vainement des fujets qu'ils n'ont plus !

Saifis, épouvantés aux approches d'un Juge ,

Qui doit les écrafer du poids de fa grandeur ,

Dans des antres profonds ils cherchent un refuge

  Qui fe dérobe à leur frayeur :

  Objets des vengeances divines,

  Ils demandent que les collines

  S'écroulent en tombant fur eux,

Ou qu'une mer propice au fond de fes abîmes

  (Avec la honte de leurs crimes)

Abforbe fans retour leur être malheureux.

Mourir fans reparoître , eft leur feule efpérance ;

Et la deftruction de leur propre exiftence

Les peut feule arracher à des maux trop certains :

  Mais la mort n'a plus de puiffance ,

Et fon fceptre de fer eft brifé dans fes mains ,

Tout vivra pour fubir une auftere juftice.

  L'arrêt fans appel eft rendu.

Ce grand jour eft celui qui doit punir le vice.

  Et récompenfer la vertu.

CHANT II.

Et congregabuntur ante eum omnes gentes, & separabit eas ab invi-
cem, sicut pastor segregat oves ab hædis. Math. c. 25, v. 32.

DE s Anges cependant la trompette bruyante
Par des sons redoublés fait retentir les airs;
  Déjà dans les Cieux entr'ouverts
  La race humaine gémissante
  Voit la demeure étincelante
  Du Maître qu'attend l'Univers.
  Son tonnerre se fait entendre ;
  Sa gloire à l'instant va descendre ;
Tremblez, peuples, un Dieu s'apprête au Jugement,
Et son pied, en foulant les plaines azurées,
  Ebranle jusqu'au fondement
Où sa main a posé les colonnes sacrées
  Qui soutiennent le Firmament !
La foudre avec éclats annonce sa venue,
Mille éclairs redoublés percent déja la nue,
Et l'Ange avec respect près du Trône immortel
Tire un rideau de feu qui voiloit l'Eternel.
Il paroît ! tout frémit ! des ruisseaux de lumiere
  Coulans avec rapidité

Forment une mer toute entiere

Qui fert d'effrayante barriere

Entre la Créature & la Divinité.

Mille grouppes d'efprits enivrés de fa gloire

Rempliffent le vuide des airs ;

Les brûlans Séraphins entonnent leurs concerts,

Et leurs cantiques de victoire

Font treffaillir les Cieux & frémir les Enfers.

A cette divine harmonie

Succede un filence profond ;

Du livre de mort & de vie

Le fceau redoutable fe rompt !

Qui pourra foutenir la vue

Des arrêts par un Dieu fi juftement écrits ?

La race humaine confondue

Pouffe en les écoutant de lamentables cris. . . .

J'entends la Sageffe éternelle

Tenant entre fes mains le volume fatal

Citer devant fon tribunal

Des grands humiliés la troupe criminelle ;

Nés pour faire le bien , ils chérirent le mal ,

Et du faîte orgueilleux de leur grandeur altiere

Sur une honteufe pouffiere

Leurs pieds prefferent leur égal.

A iv

Quel affreux défefpoir, quelle rage immortelle
Terraffe & ronge ces tyrans,
Dont l'ame barbare & cruelle
Sur les maux d'un peuple fidele
Rendit les Rois indifférens ?
Injuftes confeillers d'une lâche vengeance,
Ils déployerent leur puiffance,
Pour fignaler leur cruauté !
Sous ces hommes de fang les provinces défertes
Se virent fans ceffe couvertes
Des débris de l'humanité.
C'eft fur la tête de ces traîtres,
Qui dévorent le peuple & qui trompent leurs maîtres
Que Dieu verfe d'abord les flots de fa fureur :
Miniftres affamés d'injuftice & de crimes,
Ils doivent être ici les premieres victimes
Que punira fon bras vengeur.
De coupables profcrits une troupe hideufe
Pouffe un horrible hurlement.
Du Juge courroucé la voix impérieufe
Raffemble & cite au jugement
Cette cohorte malheureufe
Dont la doctrine fcandaleufe
Mérite un double châtiment.

Chez nos fimples ayeux, ils ne prirent pour guide,
 Qu'un intérêt vil & fordide,
 Dont rougit la Religion :
Et leur voix altérant nos dogmes redoutables,
 Répandit des germes coupables
 D'erreur & de féduction.
 Monftres, qu'abhorre la Nature,
 Ces Docteurs d'une flamme impure
 Cacherent fouvent les ardeurs !
Et pour mieux nous tromper par leurs mœurs hypocrites
 Ces véritables Sybarites
 Tonnoient encor fur les pécheurs !
L'Eternel à fon tour va tonner fur leurs têtes ;
 Ses vengeances font toutes prêtes ;
 Sa main creufe un enfer pour eux ;
Et le fouffle puiffant de fa bouche facrée,
 Sur ces difciples de Caprée,
 Double le brafier & les feux.
D'efprits prétendus forts un effaim innombrable
 Touche de près à ces profcrits !
Je vois au milieu d'eux le tas épouvantable
 De leurs méprifables écrits.
Sur cet amas impur de monftrueux fyftêmes
 Dieu lance un regard irrité ;
 J'entends ces *Epicures* mêmes

Détefter leur impiété ;
Leur lâche & coupable morale
Eut l'amour du plaifir pour appui, pour foutien ;
Les vices d'un Sardanaple
Etouffent la foi du Chrétien !
Le voyez-vous ce Dieu , dont votre main perfide
Renverfa les autels , éteignit l'encenfoir :
Vous dont la plume déicide
Ofa limiter fon pouvoir.
Il doit vous écrafer par le poids de fa gloire,
Le cri du repentir n'en peut être entendu.
On n'a plus de mérite à croire
Quand on voit ce qu'on n'a pas cru !
Un éclair embrafé fort du Trône terrible ,
Où du Maître des Cieux la majefté vifible
Préfide pour venger fa gloire & fes grandeurs.
Le tonnerre gronde , & la foudre
Dans un moment réduit en poudre
Ces volumes fouillés d'erreurs.
Du milieu de ces feux une vapeur groffiere
S'éleve en ondoyant ; l'air en eft infecté.
Des écrits confumés la brûlante pouffiere
Couvre & dévore toute entiere
Cette cohorte impie & fiere
Qui bravoit la Divinité.

CHANT III.

Esse quoque in fatis reminiscitur affore tempus
Quò mare, quò tellus, correptaque Regia Cœli
Ardeat . . . Ovid. Metam. L. I.

L'Eternel, de ce Trône où sa gloire étincelle
Pese dans sa balance, & le bien & le mal.
Le pâle criminel, aux pieds du Tribunal,
  Reçoit de sa bouche immortelle
  L'arrêt accablant & fatal :
Retirez-vous, maudits, l'Enfer est le partage
  De vos criminelles tribus.
  Disparoissez ; ne souillez plus,
  Par un effrayant assemblage,
  Le troupeau chéri des Elus.
Que la foule proscrite est immense & nombreuse !
  J'y vois des Grands de tous états.
  Les riches & les Potentats
Sont peu faits pour peupler la Cité bienheureuse !
Un simple Laboureur écrasé de revers
  Un vil rebut de l'Univers,

D'une Couronne étincelante
Ornera plutôt qu'eux sa tête triomphante.
Pour lui tous les Cieux sont ouverts
Et Dieu, par un bonheur sans poids & sans mesure,
Le dédommage avec usure
De l'amertume de ses fers.
Ah! qu'en deux portions tristement différentes
Les Anges de leurs mains rapides & pressantes
Ont bientôt séparé les bons & les méchants!
Les uns désespérés, confondus, frémissans,
Dans les flots enflammés d'une mer courroucée
De l'Eternité commencée
Eprouvent les maux dévorans. . . .
Leur être tout entier dans ce séjour de rage
Est pénétré de feux vengeurs;
Et leurs cris redoublés, de cet affreux partage
N'abrégeront point les horreurs. . . .
« Quels termes, disent-ils, Dieu met-il aux souffrances
» Qu'endure l'œuvre de ses mains?
» Sur la foiblesse des humains
» Doit-il éternifer ses coupables vengeances?
» Pere & maître affamé de sang,
» Loin de nous livrer tous à des maux si terribles,
» Parmi les êtres insensibles,

» Que n'a-t-il fixé notre rang ?

» Que maudit foit le jour, où fa main trop féconde

» Du ftérile néant voulut tirer le monde….

» Nos malheurs éternels comblent-ils fon plaifir ?

» Et la gloire d'un Dieu qui devoit nous chérir,

   » Devient-elle plus éclatante

   » Quand fa créature impuiffante

   » Ne doit plus ceffer de fouffrir ? »

Tels font des réprouvés les horribles blafphêmes ;

   Ils font frémir les juftes mêmes ;

Et pour leur épargner ces mortelles horreurs

Dans un étang de feux qu'allument fes fureurs,

Ce Dieu jufte (indigné des forfaits de la Terre)

   Sous mille éclats de fon tonnerre

Engloutit pour jamais le crime & les pécheurs !

Des juftes triomphans les brillantes phalanges

Courent d'un pas léger s'unir au chœur des Anges ;

Ils entourent le trône, où Dieu par fa bonté

   Déployant fa magnificence,

   Plonge déjà leur innocence

   Dans des torrens de volupté !

Ils brillent de fes feux, rayonnent de fa gloire ;

   Et j'entends par leurs doux concerts

Les efprits bienheureux célébrer la victoire

Qu'ils remportent fur les enfers.

Mais quel pinceau pourra décrire,

Le fpectacle effrayant que m'offre l'Univers ?

C'eft ici le moment où la Nature expire ;

C'eft ici qu'au milieu des gouffres entr'ouverts

Je vois périr plus d'un Empire

Confumé par les feux, abîmé dans les mers.

Mille collines orgueilleufes

Font entendre, en croulant, un horrible fracas;

Le globe fe diffout, & Dieu n'épargne pas

Les Cités les plus fomptueufes !

Tout s'anéantit fous fa main,

Et les Anges furpris fe demandent en vain,

Où furent l'Europe, l'Afie,

Les fables brûlans de Libie,

Ces Etats vaftes & féconds,

Ce Royaume puiffant & riche

Où la fageffe de l'Autriche

S'unit aux vertus des Bourbons;

Ils n'en découvrent plus la trace !

Le défaftre eft complet, & mes yeux éperdus

N'apperçoivent dans une maffe

Que des élémens confondus.

Avez-vous entendu ce *craquement* horrible

Que le globe a fenti jufqu'en fa profondeur ?

De l'Atlas ébranlé, c'eft la chûte terrible.

Ces immenfes débris redoublent ma frayeur. ...

Sur la Terre embrafée une main invincible

    Ranime le feu deftructeur

Qui des lambris facrés va gagner la hauteur.

    Déjà la flamme menaçante

Sillone dans les airs fes élans furieux :

    Son activité dévorante

    A pénétré jufques aux Cieux ;

    Tout tombe, s'abîme, s'écrafe,

    L'Olympe épouvanté s'embrafe

Et les feux irrités volent jufqu'au féjour,

    Où Dieu dans fa gloire immortelle,

    Pour une durée éternelle

    Sembloit avoir fixé fa Cour ;

Sa colere rapide a comblé la ruine

    De l'Univers étincelant. ...

    Ainfi périffent dans l'inftant

Le Ciel, la Terre, enfin cette augufte machine

    Qui dans fa brillante origine

    Couta fix jours au Tout-Puiffant.

    Et Cœlum receffit ficut liber involutus.

    Apoc. c, vj, v. 14.

FIN.

www.ingramcontent.com/pod-product-compliance
Lightning Source LLC
LaVergne TN
LVHW011501170726
843501LV00009B/3534